兒童文學叢書

・文學家系列・

尋夢的苦兒

狄更斯的黑暗與光明

王明心／著　江健文／繪

三民書局

國家圖書館出版品預行編目資料

尋夢的苦兒:狄更斯的黑暗與光明 / 王明心著;江健文繪.－－初版二刷.－－臺北市:三民，2006
面；　公分.－－(兒童文學叢書. 文學家系列)

ISBN 957-14-2839-6 (精裝)

859.6　　87005634

© 尋夢的苦兒
——狄更斯的黑暗與光明

著作人　王明心
繪圖者　江健文
發行人　劉振強
著作財產權人　三民書局股份有限公司
臺北市復興北路386號
發行所　三民書局股份有限公司
地址／臺北市復興北路386號
電話／(02)25006600
郵撥／0009998-5
印刷所　三民書局股份有限公司
門市部　復北店／臺北市復興北路386號
重南店／臺北市重慶南路一段61號
初版一刷　1999年2月
初版二刷　2006年7月
編　號　S 853901
定　價　新臺幣參佰伍拾元整
行政院新聞局登記證局版臺業字第〇二〇〇號

ISBN 957-14-2839-6 (精裝)

閱讀之旅
（主編的話）

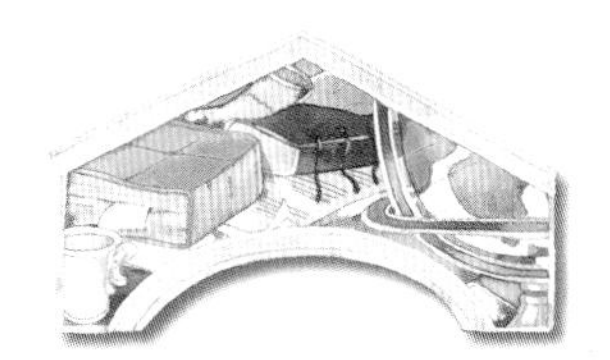

很早就聽說過藝術大師米開蘭基羅、梵谷、莫內、林布蘭、塞尚等人的名字；也欣賞過文學名家狄更斯、馬克・吐溫、安徒生、珍・奧斯汀與莎士比亞的作品。

可是有關他們的童年故事、成長過程、鮮為人知的家居生活，以及如何走上藝術、文學之路的許許多多有趣故事，卻是在主編了這一系列的童書之後，才有了完整的印象，尤其在每一位作者的用心創造與撰寫中，讀之趣味盈然，好像也分享了藝術豐富的創作生命。

為孩子們編書、寫書，一直是我們這一群旅居海外的作者共同的心願，這個心願，終於因為三民書局的劉振強董事長，有意出版一系列全新創作的童書而宿願得償。這也是我們對國內兒童的一點小小奉獻。

西洋文學家與藝術家的故事，以往大多為翻譯作品，而且在文字與內容上，忽略了以孩子為主的趣味性，因此難免艱深枯燥；所以我們決定以生動、活潑的童心童趣，用兒童文學的創作方式，以孩子為本位，輕輕鬆鬆的走入畫家與文豪的真實內在，讓小朋友們在閱讀之旅中，充分享受到藝術與文學的廣闊世界，也拓展了孩子們海闊天空的內在領域，進而能培養出自我的欣賞品味與創作能力。

這一套書的作者們，都和我一樣對兒童文學情有獨鍾，對文學、藝術更是始終懷有熱誠，我們從計畫、設計、撰寫、到出版，歷時兩年多才完成，在這之中，國內國外電傳、聯絡，就有厚厚一大冊，我們的心願卻只有一個──為孩子們寫下有趣味、又有文學性的好書。

當世界越來越多元化、商品化的今天，許多屬於精神層面的內涵，逐漸在消失、退隱。然而，我始終牢記心理學上，人性內在的需求──求安全、溫飽之後更高層面的精神生活。我們是否因為孩子小，就只給與溫飽與安全，而忽略了精神陶冶？文學與美學的豐盈世界，是否因為速食文化的盛行而消減？這是值得做為父母的我們省思的問題，也是決定寫這一系列童書的用心。

我想這也是三民書局不惜成本、不以金錢計較而決心出版此一系列童書的本意。在我們握筆創作的過程中，最常牽動我們心思的動力，就是希望孩子們有一個愉快的閱讀之旅，充滿童心童趣的童年，讓他們除了溫飽安全之外，從小就有豐富的精神食糧，與閱讀的經驗。

最令人傲以示人的是，這一套書的作者，全是一時之選，不僅在寫作上經驗豐富，在文學上也學有專精，所以下筆創作，能深入淺出，饒然有趣，真正是老少皆喜，愛不釋手。譬如喻麗清，在散文與詩作上，素有才女之稱，在文壇上更擁有廣大的讀者群；韓秀與吳玲瑤，讀者更不陌生，韓秀博學用功，吳玲瑤幽默筆健，作品廣受歡迎；姚嘉為與王明心，都是外文系出身，對世界文學自然如數家珍，筆下生花；石麗東是新聞系高材生，收集資料豐富而翔實；李民安擅寫少年文學，雖然柯南・道爾非世界文豪，但福爾摩斯的偵探故事，怎能錯過？由她寫來更加懸疑如謎，趣味生動。從收集資料到撰寫成書，每一位作者的投入，都是心血的結晶，我衷心感謝。由這一群對文學又懂又愛的人來執筆寫文學大師的故事，不僅小朋友，我這個「老」朋友也讀之百遍從不厭倦。我真正感謝她們不惜時間、心血，投入為孩子寫作的行列，所以當她們對我「撒嬌」：「哇！比博士論文花的時間還多」時，我絕對相信，也更加由衷感謝，不僅為孩子，也為像我一樣喜歡文學的大孩子們，可以欣賞到如此圖文並茂，又生動有趣的童書欣喜。當然，如果沒有三民書局的支持、用心仔細的編輯，這一套書是無法以如此完美的面貌出現的。

讓我們一起——老老小小共同享受閱讀之樂、文學藝術之美，也與孩子們一起留下美好的閱讀記憶。

简宛

作者的話

為了寫這本書，閱讀許多狄更斯的作品和有關他生平的書，日思夜想，狄更斯的身影鎮日縈繞在生活中，揮之不去。

看到自己的孩子哀聲嘆氣的寫學校功課；我想到狄更斯小時候因為家境清寒，只讀了幾年書便不得不輟學在家，神傷的站在窗臺前，望著其他同齡小孩提著書袋高高興興的上學。孩子無憂無慮，家裡玩具丟了滿地；我想到狄更斯的家庭債臺高築，必須將家裡的物品一一拿去典當，甚至最後連家裡的書都賣掉了。讀這些書，曾是狄更斯在生活困境中，唯一能得到慰藉的方法。孩子放學後，學小提琴、上溜冰課、參加太空探險營；我想到狄更斯為了幫助家計，必須到陰暗潮溼的鞋油廠長時間做工，忍受別的工人頤指氣使、吆喝欺負。孩子予取予求，還抱怨家裡缺這少那；我想到狄更斯的父親破產坐牢，一家大小一起住進監獄，下了工的狄更斯無家可歸。

狄更斯童年和青少年的困苦坎坷，甚至一直到青年時的一段甜蜜戀情，也在對方發現他不光榮的家世而戛然告停。狄更斯似乎總是翻不了身。

狄更斯被打敗了嗎？沒有。他的心中有一份夢想，他要成為名垂青史的文學家、傑出的演員、引人入勝的說故事者，擁有名聲、地位、財富、尊貴。他的夢想實現了嗎？是的。不但如此，因為他在作品中描繪工業革命帶給人性尊嚴的衝擊，控訴社會財富的不均，他不但成為英國工業革命時代的見證人，更促使政府正視他所揭發的社會問題，進行一連串的政策改革和法律修訂，成為許多悲慘靈魂的代言人。

這一切，都要歸功於他那一顆不輕易被環境打倒、堅決尋夢的心。你願意和他一起去尋夢嗎？

Charles Dickens

1812-1870 狄更斯

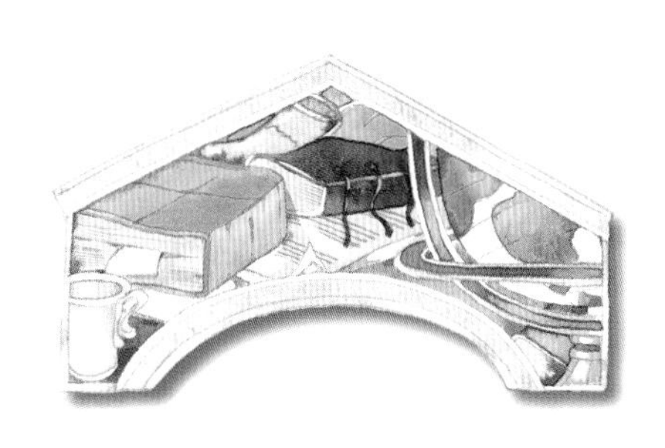

1.心中有夢

「那位冷血的獨眼船長用他曾被硫酸淋毀的醜陋的手，從箱中拿出一支鋒利的長刀，一步一步走向熟睡中的妻子，一刀刺下！鮮血像噴泉般射出。他把妻子的屍體剁成塊狀，烘成糕餅。接著放出他的愛馬。這匹野馬呼嘯著往門外狂奔，舌頭吐著灼熱的火焰，專找小孩子下手。一看到小孩子就當他們是蠟燭，往他們的頭上點火。好熱好燙！啊！你的頭！你的頭！你的頭著火了！……」狄更斯死命的尖叫，雙手緊抱著頭，全身哆嗦。

這可不是實況轉播，但也不是恐怖電影，而是狄更斯臨睡前，十六歲女傭瑪麗向他講的故事。瑪麗最喜歡講鬼故事，狄更斯纏著她講故事時，如果家事不忙，她就盡情的講她自編的鬼故事。情節不一定合理，但都極盡恐怖之能事。尤其她常興之所至，突然有一些特殊動作，增加顫慄效果。像她剛才講著講著，看到狄更斯張著嘴、屏氣凝神的樣子，便劇情急轉，突然雙手出奇不意的緊緊扣住狄更斯的頭，讓故事裡的火燒到狄更斯身上。八歲的狄更斯雖然常常飽受驚嚇，甚至因而睡覺作

惡夢，仍是既害怕又期待，夜夜央求瑪麗講故事。

　　爸爸也是講故事的高手，但風格和瑪麗不同。他會謹慎的遣詞用字，並精心設計故事發展，使之前後呼應、高潮迭起。不只如此，爸爸還會模仿故事中的角色，好像他們自己跳出來講故事了。所以雖然眼前只有爸爸一個人，透過變化無窮的表情和聲音，總令狄更斯有如看了一齣戲。狄更斯尤其喜歡跟爸爸一起散步，因為散步時，路上的景物常會觸發爸爸講故事的靈感。於是兩人一邊走一邊講，故事的情節和周圍的背景融合為一，狄更斯一點也沒察覺走了多遠。長大後，狄更斯一直很懷念這段和爸爸一起散步的日子。

爸媽都是好客、熱愛生活的人，常喜歡邀約一大群朋友回家大宴小酌，唱歌辯論，熱鬧非凡。即使沒有請客，媽媽也愛穿著最新流行的衣服，煮上滿桌菜，好似宴會一般。這樣的生活方式，難怪爸爸當海軍辦公室職員所賺的錢，永遠不夠用。

爸媽都喜愛戲劇，一有機會就帶著孩

子們去劇院看戲。狄更斯年紀雖小，但對舞臺上的演出，非常有興趣，總是伸長了脖子，全神貫注，唯恐錯過一句臺詞。如此耳濡目染，使得狄更斯在家的時候，常把餐桌當舞臺，跳上去自導自演。有時演的是從爸爸或瑪麗那兒聽來的故事，有時是從劇院看來的內容，有時就是自己臨時編劇，想到哪演到哪。自己一個人演不過癮，狄更斯常邀姐姐芬妮一起同臺演出。姐弟倆也不必事先討論劇情或套臺詞，一跳到桌上，不，一登上舞臺，馬上一應一合，搭配巧妙，絕無冷場。

爸媽看到這兩個孩子對表演這麼有興趣，而且似乎頗有天份，便在閒暇時帶著他們到鎮上的米特客棧，將客棧的前廊充當舞臺，兩個孩子毫不怯場，又唱又跳，又頌詩又演戲。一旁的客人喝著啤酒，吃著水果餡餅，不時拍手叫好。狄更斯的爸媽則站在角落，愉悅滿足的看著兒女精彩的演出。從這種公眾表演中，直接來自觀眾的掌聲和喝采，使狄更斯更著迷於舞臺表演。日後狄更斯在戲劇和說書方面的付出和成就，受童年的這些表演經驗影響很大。

因為沒有公立小學，狄更斯和姐姐芬妮只得到鎮上一所私塾上學。這個私塾是由一位念過幾年書的中年婦人所開設，學校就在她家的二樓。每次一爬上二樓，都得先通過她家的拳獅狗以溼冷的鼻子「搜身」，令狄更斯痛苦不堪。

還好沒有多久，狄更斯一家就搬到雀森鎮，終於可以到比較像樣的學校上學。老師吉爾先生是牛津大學的畢業生，他對學生很有耐心和愛心，總親膩的叫孩子們「我的小貓們」，所以學生也就自稱「吉爾先生的貓群」。吉爾先生特別注意到狄更斯的豐富想像力和在作文方面的潛力，格外給予啟發和引導。吉爾先生的欣賞和鼓勵，使狄更斯的小小心靈溫暖而甜蜜，也因而激發他在閱讀和寫作方面的興趣。

不過，狄更斯並沒有因此一頭栽進書堆裡。他才八歲，對他來說，玩樂是很重

要的。下課後和同學們成群結黨去雀森鎮的郊野探險，那兒有一座廢棄的古堡，裡面溼冷陰暗，到處纏結蜘蛛網，不時傳來一些居住古堡內的蟲蛾蝙蝠所發出的怪聲音。雖然從沒聽過什麼有關這古堡的傳聞，但對狄更斯來說，這古堡各方面都符合「鬼屋」的條件。在大家前往古堡途中，狄更斯便集取瑪麗鬼故事的情節，自己再加油添醋、繪聲繪影的描述以前在古堡發生的命案，以及現在那些冤魂在古堡內鬧鬼的可怕情景。這些故事使得進入古堡的氣氛更加懸疑緊張。雖然進了古堡之後，半個鬼影子也沒見到，但還沒走透整個古堡，大家已被狄更斯的想像力嚇得受不了，驚叫著爭先恐後的衝出古堡，簡直搞不清楚剛才的故事是真是假。下次大家再去古堡探險時，狄更斯又會講個不一樣的鬼故事，一樣把大家嚇得半死。

不去古堡時，留在鎮上也好玩。大家相約到稻田中遊戲追逐，或到河中划船競速，或看誰先把對方的船弄翻。這河到了冬天時，河面會結厚實的冰，大家可在上面溜冰。有時大夥兒躲在街角，等待鄰校的男學生經過時，一把抓下他們頭上的帽子就跑。

被摘走帽子的學生當然會追，但是怎麼追也追不到，因為狄更斯他們是用接力的方式傳遞帽子。等到這位倒霉的男生筋疲力盡的停下來，氣急敗壞的又跺腳又大罵，甚至氣得哭出來時，狄更斯他們早已樂得笑成一團。

回到家，除了和姐姐粉墨登場外，狄更斯最喜歡獨自一人窩在閣樓上，好久不下來。媽媽常擔心狄更斯自己一個人在那兒會不會悶出病來。其實閣樓雖然又小又堆滿雜物，被家人當儲藏室使用，但在狄更斯的眼中，閣樓像是個寶庫，因為他在那兒翻出了一大堆爸爸的舊書。坐在閣樓的窗臺上，狄更斯一本一本的看。今天想像自己是因船難而流落小人國的格列佛，明天是在十字軍戰役中英勇抗敵的獅心大王。打累了，就當自己是在孤島上獨自生活的魯賓遜。當狄更斯遨遊在他的想像王國裡的時候，閣樓變成一個又遙遠又寬廣的世界，身旁的雜物完全不存在。

有時，什麼書也不看，狄更

斯只是在沒有人打擾的閣樓裡，專心的編織夢想。將來有一天，他要像爸爸一樣，成為很會說故事的人，能夠把原本平凡的題材，說得出神入化，引人入勝。他也夢想有一天能夠在真正的舞臺上演戲，每天擔任不同的角色，每天都有不同的生活。當然，他還要成為大作家，像手邊這些書的作者一樣，靠一枝筆，就可以把人帶到海洋或沙漠，面對風暴或強敵，靠著機智和勇氣克服難關。吉爾老師不是說他很有想像力、具有寫作的潛力嗎？他相信有一天，他的作家夢一定會實現。

九歲的某一天，狄更斯和爸爸一起散步，途經蓋茲山莊。爸爸正講到一位富翁隱名濟貧的故事，看到這間宏偉華麗有如皇宮的紅磚巨宅，不禁停下了腳步欣賞。狄更斯不能想像是什麼樣的人才能住這種大房子。住這種大房子的生活一定很快樂吧！爸爸看出狄更斯眼裡的羨慕，彎下身來對他說：「只要你努力工作，有一天成功了，你也能擁有這個房子。」有一天我也能住在這個房子裡？真的？於是，狄更斯的夢想又多了一項：成為這座巨宅的主人。

只是狄更斯怎麼也沒想到，擺在眼前的，竟是如惡夢一般膽顫心驚的命運。

2. 苦海孤雛

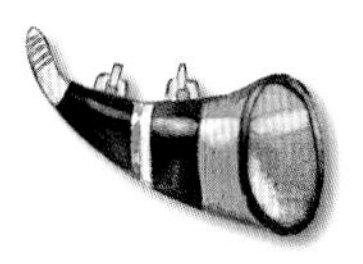

狄更斯十歲時，因爸爸被海軍辦公室調職，全家遷往倫敦。當時狄更斯還在上學，爸媽就讓狄更斯獨自留下，等學期結束後，再自己去倫敦。狄更斯一個人在雀森鎮，常常想像家人在倫敦的生活。倫敦是英國的首都，是個國際大都市，也是英國的文化經濟中樞，一定像個貴婦人般雍容華麗吧！聽說那兒住了許多外國人，各自保持自己原本的生活方式和風俗習慣，多有趣啊！狄更斯還從沒看過一個外國人呢。如果班上有外國同學，要怎麼和他們

做朋友呢？又聽說倫敦有好多劇院，白天也演，晚上也演，天啊！那不就有看不完的戲了嗎？狄更斯越想越興奮，簡直迫不及待想馬上插翅飛往倫敦。

聖誕節前，學期結束了。真要走了，狄更斯反而依依不捨起來。把平日常玩的幾個地方再遊走最後一次，讓這些景物和曾與好友遊玩其中的回憶深深的刻印在腦海裡。當然，不會漏掉古堡。古堡此時看起來一點也不可怕，反而像個樸質寬厚的老伯伯般，給人一種親切感。又和所有的鄰居親朋好友一一道別，和死黨們相約他日再見。吉爾先生送狄更斯一本奧立佛・哥德・史密斯所著的《蜜蜂》，勉勵他要在閱讀和寫作方面勤下功夫。

隻身坐在馬車裡，狄更斯嘴裡吃著三明治，鼻裡充塞著道旁青草的鮮溼氣息，看著熟悉的風光逐漸從身後消逝，眼前的景物越來越陌生，原本興奮的狄更斯，不知為何，突然覺得迷惘與孤單。

一到倫敦，迎接狄更斯的是個令他震驚的消息：因為家裡人口太多，錢太少，他再也不能去上學了！必須留在家裡幫媽媽照顧弟妹，為爸爸清皮靴，跑腿打雜。狄更斯不能接受這個決定，大聲抗議，可是爸媽聽不到他的聲音，他們太忙了。家裡原本已經債臺高築，現在住在倫敦，生

活費用更高，爸爸竟日為家計奔波。媽媽除了照顧他們一大群孩子，最近又新生了一個嬰兒，加上家事永遠做不完，忙得團團轉。姐姐已經靠著獎學金，離家到皇家音樂學校當寄宿學生。狄更斯變成家中最大的孩子，爸媽希望他能待在家裡多幫一點忙。貧窮家庭的孩子無法上學念書，是社會上很普遍的現象，沒有人為狄更斯爭取繼續受教育的機會，爸媽也沒有時間和心力來安慰狄更斯失學在家的苦悶。狄更斯覺得自己的存在已經完全被遺忘了。

家裡的經濟情況越來越吃緊，媽媽決定開一所學校，自己擔任老師，靠學生繳的學費來改善家境。這裡是首善之都，學校可不能像以前小鎮的私塾一樣，開在老師家二樓的一個房間，讓拳獅狗當校警。必須找個像樣的地方，家長才會放心的把孩子送來就學。於是爸媽找了個大房子，租金遠超過目前的經濟情況所能負擔，只希望開學後，學生的學費能貼補過來。

一切就緒，學校隆重開幕，可是一個學生也招不到，一個也沒有！原有的債務加上現在的房租，負債過多，連肉販和麵包師都拒絕讓他們繼續賒賬了，狄更斯一家時常食不裹腹。

為了還債，爸媽叫狄更斯把家裡的東西拿去當鋪典當換錢。先是媽媽的首飾，爸爸的懷表，祖傳有紀念價值的古物，接下來是家具、茶具、圖畫、地毯等。這是個苦差事，在當鋪裡必須忍受當鋪老闆輕視的眼光，對拿來的物品嫌東嫌西，淨找缺點。這些東西都是狄更斯熟悉的物品，對它們有份感情。現在看到別人嫌棄的表情，狄更斯覺得自己也和這些物品一樣沒有價值。當鋪老闆把東西嫌夠了，把價錢壓到最低，再以一種施捨的姿態，從高高的櫃檯上把錢遞給狄更斯。走出當鋪，手裡握著薄薄的幾張紙幣，狄更斯覺得他賣

的不只是家裡的物品，也是他的自尊心。

最讓狄更斯難過的是，最後連以前閣樓上的那些舊書也要上當鋪了。賣掉這些書使狄更斯的心有如刀割，因為這些日子以來，閱讀已成了他逃避現實困境的唯一方法。現在這個僅有的避難處也被剝奪，狄更斯好像赤裸裸的袒裎在冷酷的現實中，毫無招架的武器，也沒有退避的穴所。更悲慘的命運還在後頭呢！

生活真的過不下去了，爸媽商量著讓狄更斯出去工作。正好表哥來訪，聽到爸媽的想法，極力推薦狄更斯到他工作的鞋油工廠，在那兒一週可賺六先令。他並滿口答應將每天利用晚飯後的休息時間，教狄更斯念書。六先令雖不多，但對家用不無小補，而且還有書可讀，聽起來不錯。於是在十二歲生日後的第二天，狄更斯便開始到華倫鞋油工廠做工。

這間位於泰晤士河畔的工廠，又髒又破、又溼又暗；地板下陷，黏著爛泥，不時還有老鼠跑來跑去吱吱叫，空氣中瀰漫

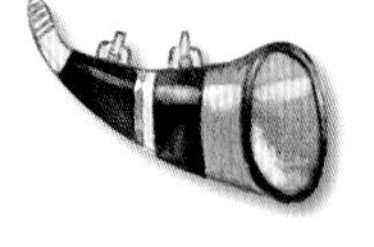

著一股腐壞的氣味。狄更斯的工作是將鞋油罐子裝上鞋油，在罐子表面黏上油紙，貼上藍紙，再從標籤桶上削下標籤，貼上鞋油罐子，如此的動作周而復始，一再重複，每天必須從早上八點不停的做到晚上八點，才能賺到一先令。

漫長的工作時間，一成不變的動作，使得狄更斯身心俱疲。而表哥答應的晚飯後讀書時間，也因他太忙，上了兩天課就無疾而終。狄更斯有一種上當的感覺。

最令狄更斯痛苦的是工廠裡與他一起工作的工人。他們大多不曾受過教育，言詞粗野、動作魯莽，欺負狄更斯是新手，對他頤指氣使、大呼小叫。尤其看到狄更斯講話斯文的樣子，更饒不過他。所以只要狄更斯一講話，其他工人就戲謔的故意捏著嗓子說：「哦，是嗎？我們的小紳士?」然後所有的人尖聲怪叫的笑鬧成一團。狄更斯只好不開口，盡量不與他們打交道，只獨自沉默的做自己的工作，一心巴望著十二個小時趕快過去，好收工回家。

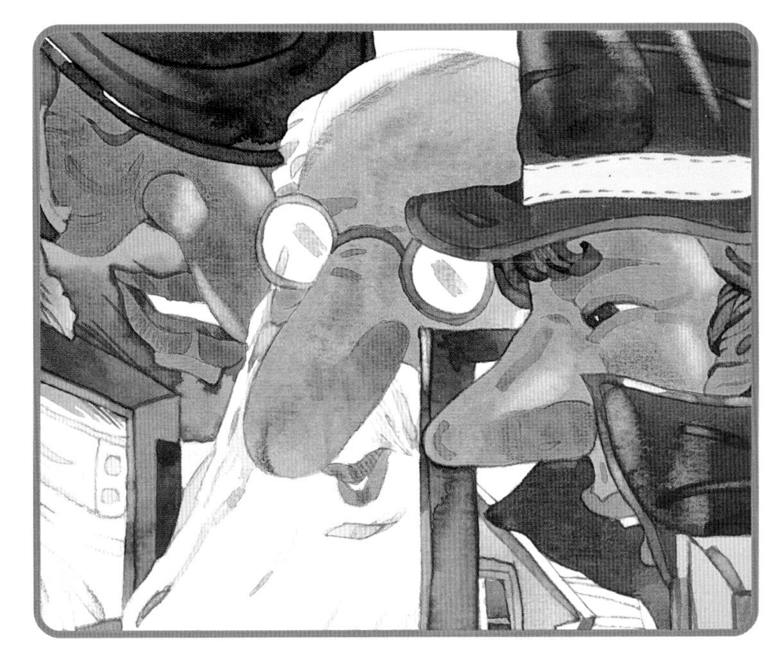

日後狄更斯回想起這段日子，感慨的說：「處在這些人之中，沒有言語能夠表達我靈魂的苦悶。」

一個十二歲的孩子，理應是個快樂活潑、充滿朝氣的少年，但狄更斯卻像一棵被移到幽室的幼樹，沒有陽光的照射，沒有水分的滋潤，逐日枯萎。過著這樣的生活，狄更斯覺得以前待在家裡照顧弟妹，真不該抱怨，比起現在，那些日子簡直像在天堂。

其實家裡的情況更糟。狄更斯到鞋油工廠工作一段時間後，爸爸因負債過多

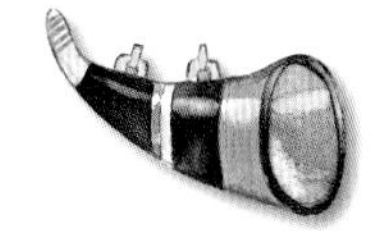

又無力償還，被關進牢裡，直到債務還清才能出獄。家裡已經破產，房租早就付不出來，房東勒令他們搬家。無處可去，一家人只好也跟著爸爸住進牢裡。爸爸此時以腎臟病的理由向海軍辦公室請病假，靠著微薄的薪資在獄內養家。家人可以使用監獄的廚房煮飯，晚上一大家子窩在爸爸又冰冷又簡陋的牢房裡睡覺。生活一片灰暗，沒有一點色彩。

即使如此，狄更斯還是寧願跟家人在一起。只是現在連這點都是奢求，因為每天他下工後，監獄大門已關。牢裡的家歸不得，狄更斯只好租一間小得像衣櫥的房間，獨自生活。一週六先令的工資，扣去房租，他每天只能喝一杯飲料，吃一片麵包夾乳酪。有時為了把錢省下來買書，甚至整天都沒有吃東西。

星期天一大早，狄更斯就起身去皇家音樂學校接姐姐，兩人一起去監獄與家人團聚。和家人在一起的時光總是過得特別快，好像才剛進來，只一下子，獄吏又喊著要關門了。在走回住處的途中，狄更斯常忍不住痛哭起來。又要回去過一個人的生活；又要忍受別人粗野的謾罵、冷酷的嘲弄；又要為了熬過夜晚空肚子的難過，獨自在黑暗的城市中，漫無方向的遊蕩。沒有人能給他一點忠告，一句鼓勵的話，

一個安慰的眼神，一雙溫暖的手。什麼也沒有。

這些記憶是如此的刻骨銘心，痛徹心肺，以致成年後的狄更斯，再重遊這些街道時，仍是熱淚盈眶。狄更斯的作品充滿了孤兒、被遺棄的小孩、坐牢的負債人、工廠的童工，和低下階層的窮人，這都是狄更斯自己成長過程的投影。

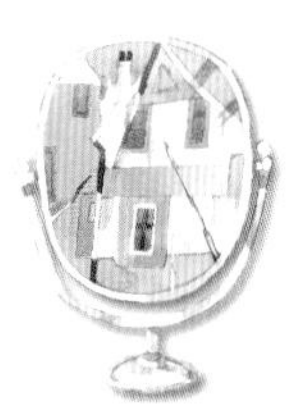

3.烏雲過後

爸爸拿到海軍退休金，還清了債務，一家人終於出獄。只有狄更斯不得自由，繼續在鞋油工廠「坐牢」。

狄更斯這時被老闆調來坐在窗邊的位置。雖然單調的工作不變，但是這個位子光線好，又可呼吸到外面的空氣，現在又可以每天回家和家人在一起，狄更斯覺得情況已經好得不能抱怨了。

如果不是爸爸剛巧經過工廠，親眼看到狄更斯工作的情形，狄更斯也許會繼續留在鞋油工廠好幾年。自他做工以來，家人從未來看過他。這天爸爸剛巧到附近辦事，順道過來看看狄更斯。走到工廠邊，正看到狄更斯坐在窗旁，毫無變化的一再重複相同的動作，沒有聲音、沒有氣息，好像一架機器。這樣的動作一天要做上十二個小時！原來我的孩子如此受苦！爸爸一想到自己讓孩子過這樣的日子，內心不禁揪痛。再加上路過的人常佇足窗邊，觀看狄更斯熟練敏捷的動作，好像觀看動物園裡的動物一樣，爸爸既難過又覺得受到羞辱，當下就進入工廠辭了狄更斯的工，帶他回家。

惡夢終於結束！

現在不但不必去工廠做工，更意外的是爸爸馬上籌到了錢，送狄更斯到威靈頓家塾上學。這是一所有規模的私立學校，學生一律穿著深色的長褲外套上學。這個轉變來得太突然，狄更斯一下子不能確定自己是不是在作夢，這麼美好的事能維持多久？會不會一下子就幻滅？

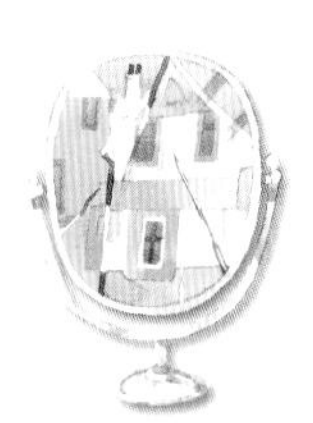

威靈頓家塾是所非常嚴格的學校，老師動輒體罰。學生規矩不好或成績不佳，被老師用尺打後背，稀鬆平常。狄更斯一點也不介意校規有多嚴，能夠再到學校念書，和一群活潑健康的孩子為伍，他已經非常心滿意足了。

曾經失去，再度得到時，總是格外珍惜。狄更斯此時對知識異常饑渴，就像一塊海棉般，盡力的要吸收所有能夠獲得的知識。所有的科目，包括沉悶無聊的拉丁文，別的同學叫苦連天，他卻學得津津有味。畢竟，對其他同學來說，上學只是一件理所當然，或者無可奈何的事，對狄更斯來說，卻像是天外飛來的好運，心裡只擔憂著不知好運什麼時候會終止。

不過，如果你以為狄更斯因此變成書呆子，那你就錯了。狄更斯盡情的享受他好不容易又獲得的學校生活，包括上課時間、下課時間，和課外活動時間。他們班上養了一隻白老鼠當寵物，大家把一本拉丁字典挖空，讓班鼠住在裡面。班鼠醒著時，狄更斯喜歡把牠放進自己的襯衫內，讓牠在裡面扭曲蠕動，癢得狄更斯呵呵大笑。這隻白老鼠別具天賦，一下子就學會爬樓梯，不久又學會扛著步槍走路。

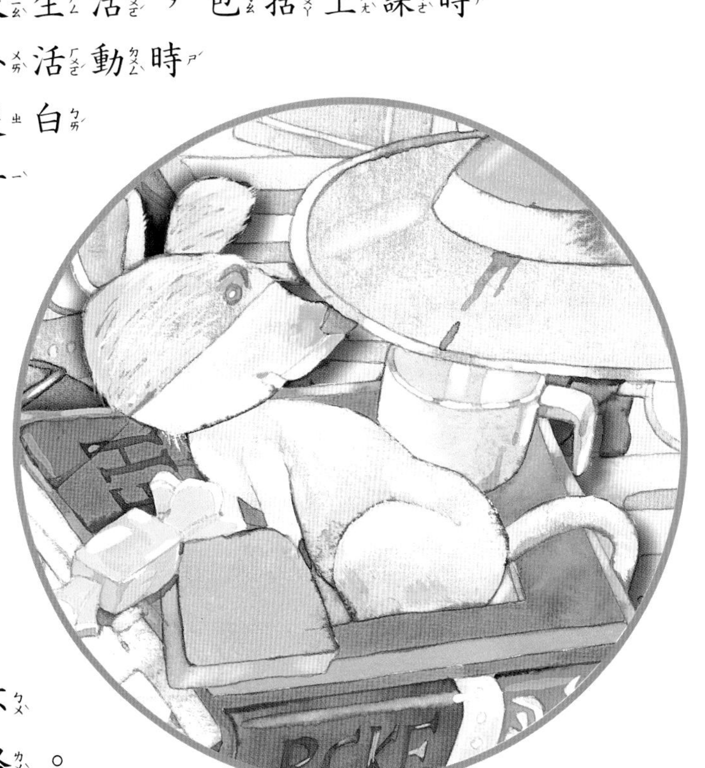

狄更斯因此為牠寫了個小劇，讓牠在班上的玩偶劇場裡擔綱演出。不幸天妒奇才，有一次班鼠正昂首大步的走向牠的戰堡途中，不小心跌進墨水瓶，在墨水中淹溺而死。對於這隻青少年時的寵物，狄更斯日後回想，不勝遺憾的說：「如果牠不這麼英年早逝，也許還會有其他的豐功偉業。」

班上同學喜歡傳閱廉價雜誌，大家輪流買、輪流看。這些雜誌大多是些恐怖瘋狂的故事，文筆粗糙，情節離譜。但因為便宜，大家還是樂此不疲。有一次大家都沒錢買了，於是狄更斯自己寫給大家看。

狄更斯的故事恐怖瘋狂有加，卻又合情合理。大家看得過癮，頻頻叫好，狄更斯也寫得高興，欲罷不能。

班上組了個小劇團，狄更斯經常身兼數職，又是編劇，又是導演，又是演員，又是場務，忙得不亦樂乎。有一次，為了製造特殊音響效果，在劇終時，放上一串鞭炮。結果引來警察敲門，虛驚一場。

這些寫故事和小劇團經驗，喚起了狄更斯童年時的夢想——寫作和演戲。他想起了吉爾老師的鼓勵和期許，也記起了那些和爸媽到劇院看戲的日子，以及在米特客棧表演時所獲得的喝采和掌聲。這些美好的回憶像陽光般，照得他的童年溫暖燦爛。後來被現實生活的烏雲遮蔽，狄更斯以為將從此陰暗。現在烏雲已過，陽光重現，夢想又甦醒。狄更斯躊躇滿志，一心盤算著要如何使夢想成真。

只是，人生常常事與願違。爸爸出獄後，依然沒有學會量入為出，退休金用罄後，待付的帳單又高高疊起。狄更斯不得不再度休學，找工作幫助家計。

十六歲的狄更斯覺得自己曾念過幾年書，算是知識分子，不應再回工廠做工，就到一個律師事務所當職員。這個工作主要是抄寫法律文件和記帳。狄更斯思路清楚，字跡工整，加減運算也沒有問題，工作起來輕鬆勝任。

可是做了一段時間之後，狄更斯覺得這工作死板無聊，毫無創意。剛好因為工作的關係，狄更斯對法院事務頗為熟悉，發現法院記者的工作可以一試，便一邊工作，一邊自學速記。學了幾個月後，狄更斯順利找到工作，成為民法博士會館裡最年輕的記者。

法院記者的工作是紀錄和報導正在審判中的案件，運用速記技巧，即席記下律師、原告與被告，及法官的言論。所謂速記，就是以一些圈點線等符號代替文字，

快速記下所聽到的話。記完後，再將這些符號轉換為文字。法院記者並不能對任何案件想記就記，而是必須坐在記者席上，待官員來雇用並指定案件，才可以做紀錄和報導的工作。

狄更斯工作的頭兩天，沒有任何人雇用他。到了第三天，一位主任級的官員決定讓這位新面孔試試，請他紀錄一個教堂請願的個案。狄更斯謹慎詳細的紀錄，沒有一點遺漏，第一次工作就表現出色。很快大家都知道這位記得又快又準的記者，狄更斯每天都有工作可做，收入不錯。

但狄更斯並不因此滿足。他利用記者的身分，向大英博物館申請了借書資格。只要一有時間，就登上博物館的二樓，在眾文豪先哲雕像的環視下，埋首古卷。法院記者的工作雖好，但狄更斯心懷夢想，嚮往的是一個更廣闊的空間，一片更能自由遨翔的天空。

姐姐芬妮自音樂學校畢業後，加入一個劇團，經常邀請狄更斯參加演出後的慶功宴。就在這個時候，狄更斯注意到了姐姐朋友群中的一位——瑪麗亞．畢尼爾。

瑪麗亞美麗純淨，端莊優雅，深色的頭髮下閃著一雙明亮聰慧的眼睛。狄更斯驚為天人，熱烈追求。

瑪麗亞是銀行家之女，來自環境優渥的家庭，受過良好的教育。狄更斯有時自己想想，都覺得自卑。可是只要一見到瑪麗亞，便又無法放下愛慕之心。於是此後四年，情詩情書不絕，小禮物不斷。瑪麗亞很高興的接受狄更斯所獻的殷勤，不時也托朋友回送狄更斯一些小東西。這些款款柔情，使狄更斯的生活充滿了希望。

狄更斯自知不是銀行家心目中的乘龍快婿，所以更加想要表現自己。為了讓瑪麗亞的家人對他印象深刻，他在劇院選修表演課程，和姐姐同臺演出。只要瑪麗亞和家人出現的場合，他必定儀表光鮮：發亮的背心，絲質圍巾，小山羊皮手套，時髦的尖頭靴，一應俱全。若有機會和瑪麗亞的父母交談，更是極力表現他的機智。連一旁瑪麗亞的小狗，他都費心逗弄，務求連小狗的歡心都能得到。

直到瑪麗亞的父親知道了他的身世，一切都完了。銀行家的女兒怎麼可以與經濟犯的兒子交往？畢尼爾先生馬上將女兒送往巴黎念書，斷絕他們之間的連繫。第一次動情，便嘗相思苦。雖然得不到瑪麗亞的音訊，痴心的狄更斯仍常常穿起尖頭

靴，忍著腳痛，橫越倫敦，只為了站在瑪麗亞房間的窗下，期盼哪一天瑪麗亞會在窗口出現。

瑪麗亞終於回來了！狄更斯想盡辦法和她見面，卻心碎的發現瑪麗亞變了。她的態度反覆無常，沒有耐性，輕蔑的叫他「小男生」，不再有興趣和他說話。

這一切都清楚的向狄更斯表示「你不夠資格」！狄更斯的自尊心重重的被擊垮了。無論怎麼努力，怎麼力爭上游，我永遠是經濟犯的兒子，永遠也翻不了身！狄更斯覺得人生再度跌入了黑暗的深淵。

4. 一筆在手

與瑪麗亞的戀情結束，狄更斯傷心欲絕，自尊心也大大受創。有好幾年，只要一想起瑪麗亞，狄更斯的心就像被利刃戳割似的疼痛。為了平靜紛亂的心，狄更斯開始每天做長時間的散步。

狄更斯邊走邊看著路過的行人，聞著街上的氣息，聽市井的聲音。時間久了之後，對周遭環境的觀察，遂成為散步時最大的樂趣。有錢的人身穿緊身夾克，頭戴皮帽，走起路來虎虎生風；成群逛街的少女，嘻笑的對商店櫥窗指指點點；醉臥街頭的流浪漢，滿身酒臭味；大聲叫賣的菜販，揮汗如雨的捆工，伺機行動的扒手，每個人有每個人的故事。狄更斯走著看著聽著，讓思維盡情遨翔，想像著每個人的生活和境遇。回家後，把自己的想像記下來，試著寫成故事。

The
1834

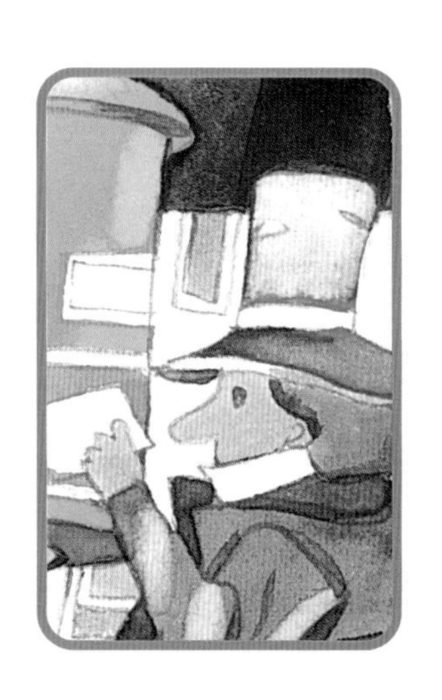

一八三三年十一月的某個夜晚，狄更斯趁著夜色，左觀右看，確定沒有人看到他，手微微顫抖著將一篇故事投入《每月雜誌》的編輯信箱內。這篇〈帕伯樂街的晚餐〉，描述一個人想盡辦法要取悅一位富有的表親，唯恐自己力量薄弱，又拉來自己那被寵壞了的兒子，和家裡那隻脾氣古怪的小狗一起助陣。卻不知這位一直未娶的表親平生最痛恨小孩和寵物，兩者之間製造了許多笑料。

狄更斯使用「鮑茲」作為筆名。鮑茲源於弟弟奧卡斯特的乳名。弟弟的乳名是「摩西」，但弟弟年紀小，沒辦法正確發音，總是叫自己「包西」。狄更斯第一次嘗試投稿，一點也沒把握會不會被錄用。即使登出了，也不確定自己寫得好不好，就把「包西」改為「鮑茲」，讓自己躲在筆名後面。

故事投出以後，狄更斯整整一個月魂不守舍，食不知味，天天盼著最新一期的《每月雜誌》擺上書店的架子。終於熬過一個月，狄更斯快步走向位於史傳街的書店，呼吸急促，全身肌肉緊繃，一把從架上抓下《每月雜誌》，飛快的翻著書頁，

突然〈帕伯樂街的晚餐〉映入眼簾！文章被錄用了！故事被登在雜誌上，讓千萬人共賞！狄更斯眼裡散發出驕傲和快樂的光芒，急急離開書店。太興奮了，必須找個沒有人的地方，好好鎮定一下。

　　體驗到了創作的喜悅和滿足，狄更斯繼續將散步時所得的觀察和想像，寫成故事，仍以鮑茲為筆名發表。這些故事諷刺逗趣，非常受到讀者歡迎。《每月雜誌》的編輯來信，希望他繼續提供稿件。狄更斯大受振奮，文思泉湧，故事一篇又一篇的源源不絕。三年後，一家出版商將狄更斯的這些作品收集成冊，輯為《鮑茲短篇故事集》，在狄更斯二十四歲生日那天出書。手裡捧著自己的書，狄更斯眼裡泛著歡欣的淚光，作家夢不但實現了，而且還擁有自己的書！

狄更斯早就不耐法院記者那種別人說什麼你記什麼的工作，剛好《記事晨報》剛成立，編輯希望延攬狄更斯到該報，承諾狄更斯一個能夠自由發揮的空間，可以有創意的報導新聞，而不必像以前一樣死板的紀錄事實。狄更斯欣然跳槽。

才一報到，狄更斯馬上被報社派往英國各地，收集政治言論，採訪重大地方新聞。狄更斯接觸的人越多，見聞越廣，觀察的觸角就越敏銳。在回倫敦的途中，靠著一路的路燈和月光，在顛簸的馬車上振筆疾書，寫下心中的感受。

兩年後，《記事晨報》的老闆又創辦《記事晚報》。晚報的主編

喬治．霍嘉司先生堅持副刊部分一定要有鮑茲的文章，因為「每個人都喜歡讀他的故事」，力邀狄更斯加入陣容。狄更斯開出條件，希望能有自己固定的專欄，霍嘉司先生同意。霍嘉司看眼前這個年輕人，迷人又有才氣，而且意志堅定得很，將來必大有出息，便邀他回家吃晚餐，介紹給家人認識。

此後狄更斯又去霍嘉司先生家吃了好幾次飯，逐漸注意起霍嘉司先生的十九歲女兒凱瑟琳。凱瑟琳有著湛藍的大眼睛，

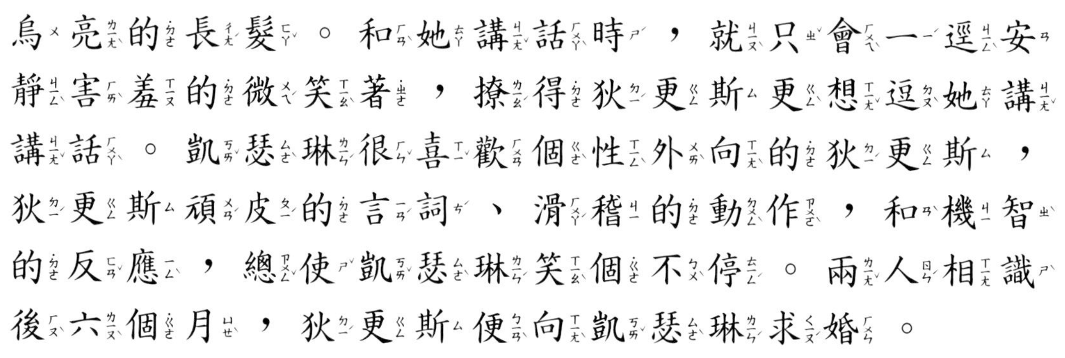

烏亮的長髮。和她講話時，就只會一逕安靜害羞的微笑著，撩得狄更斯更想逗她講講話。凱瑟琳很喜歡個性外向的狄更斯，狄更斯頑皮的言詞、滑稽的動作，和機智的反應，總使凱瑟琳笑個不停。兩人相識後六個月，狄更斯便向凱瑟琳求婚。

比起初戀的大起大落，和凱瑟琳的交往平淡無奇。不必刻意注意自己的服飾；從未徹夜不眠，在燈下將萬縷柔情化為頁頁詩句；不曾經歷啃嚙心靈的別離，使人

消瘦的相思。總之，狄更斯並沒有瘋狂的愛上凱瑟琳，只是和凱瑟琳在一起時「感覺蠻好」，而且自己年紀也到了該結婚的時候了，成了家，人較能安定下來。曾經年少，曾經追尋，曾經痴迷，曾經心碎，就都放在記憶深處吧！

因為還要幫忙家裡還清債務，狄更斯和凱瑟琳先訂婚，打算等還債告一段落，肩頭擔子卸下了，再籌備婚禮。於是一訂完婚，狄更斯馬上瘋狂投入工作。除了白天的報社記者工作，晚上為劇院的劇團寫劇本，為《記事晚報》負責一個專欄，又在一份雜誌另開一個新專欄。

此時，一家出版商與他接洽，希望他能與名畫家羅勃特．山姆爾合作，由羅勃特繪圖，他在旁寫些幽默的註解，內容大致是有關一群粗魯沒水準的運動員，相約出外打獵、釣魚所發生的趣事。故事將以連載的方式進行。狄更斯覺得這個主意很有意思，可是何不由他來寫故事，羅勃特繪圖呢？這個提議被羅勃特否決。正當兩人僵持不下時，羅勃特突然去世，出版商另請畫家，問題解決。新搭檔費茲和狄更斯合作無間，狄更斯創造了一個角色匹克威，由他來帶領一群活蹦亂跳、滑稽逗趣的運動員巡迴英國比賽。本來若和羅勃特合作，狄更斯只能寫些不相關的片段，現在他能完整的寫一篇情節連貫的故事，再配上費茲生動的連環畫，使人印象深刻。此時狄更斯家裡的債也還得差不多了，可以結婚了。《匹克威故事》的第一集便是在婚禮的前兩天發行。狄更斯把這個人生的新嘗試，當作是給自己的結婚禮物。

狄更斯的文筆幽默、生動細膩，書中人物一個個躍然紙上。每次最新一集出來時，大家紛紛爭讀，一搶而空。尤其狄更斯又增一新角色山姆·威勒，一口機智風

趣、倫敦腔十足的言語，令全英國的人傾倒。他的一些似是而非的論調，譬如談到絞刑的吊索時說：「不管用的勒繩就是最好的勒繩。」緊緊抓住了讀者的注意力，並成為風行一時，人人模仿的「威勒用語」。

《匹克威故事》銷售量急劇激增，匹克威帽子、匹克威手杖、匹克威外套、匹克威雪茄等紛紛上市，成為帶領風潮的流行象徵。有人自埃及旅行回來，聲稱有金字塔上被刻上「匹克威」三字。對這樣的成績，狄更斯很感欣慰，他甚至覺得「如果我能活到一百歲，一年能寫三本書，也無法再出這麼一本讓我自己滿意的書了。」

現在收入夠了，狄更斯決定寫一本他真正想寫的，不必考慮是否迎合讀者口味的書。於是辭去報社工作，專心寫起《賊史》。書一出版，馬上震驚了全英國的讀者。那個輕鬆幽默的狄更斯不見了，他筆下那個充滿歡樂、令人稱頌的世界也消失了。代之以心酸苦楚，命運坎坷，為求生存而苟延殘喘的市井生活。而這些，才是真實的世界。

狄更斯接著寫《滑稽外史》。為了寫這本書，狄更斯使用化名，假裝是為朋友的兒子找學校，訪問觀察一些學校，明查暗訪一番後，才謹慎下筆。狄更斯藉著一些滑稽可笑的事，嘲諷英國的教育制度，

攻擊不當的教育方法對孩子心靈的戕害。所以這本書看似滑稽，其實和《賊史》一樣，本質尖銳而苦澀。

短短四年內，狄更斯的暢銷書為他自己帶來了名聲和財富，卻也使他和雜誌社的關係日益惡化。狄更斯總是固執的堅持他所要求的稿費標準，絕不妥協，令雜誌社傷透腦筋。他也常為了爭取對題材內容的控制權，而和雜誌社鬧翻。有了多次不愉快的經驗後，狄更斯已倦於與雜誌社周旋，乾脆自己也辦一份週刊，自己的文章自己登。於是《韓福利先生的老鐘週刊》便如此開始發行。

這份雜誌之所以有這麼一個怪名字，其實是狄更斯別具匠心的設計，巧妙的由一個故事帶出其他的故事。在狄更斯的故事中，韓福利先生是個古董店的老闆。有一次，他無意中在店裡一個古老吊鐘內，發現了許多內容奇特的手抄本。週刊上的故事，就是這些原來藏於老鐘內的珍品。

雜誌剛開始幾期，銷售情形很好，後來卻忽然下跌。讀者反應，他們喜歡會繼續下去的故事。現在週刊內的故事一

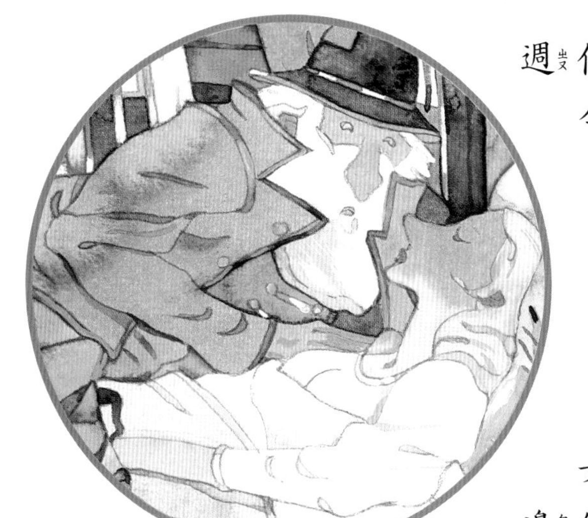

週便刊完，下週就沒有了，令他們覺得意猶未盡。狄更斯馬上改回連載的方式，並且引進韓福利的女兒，善良純真的小妮爾，讓故事圍繞著她進行。這個惹人喜愛的小女孩最後因病重瀕臨生死邊緣，讀者的信像雪片般自英國各地飛來，紛紛哀求狄更斯饒了她。可是狄更斯沒有辦法，因為小妮爾不死，這個故事無法達到至哀至美的最高境界。狄更斯邊哭邊寫最後一集。週刊出來時，讀者也抱著書痛哭流涕。一個虛構的故事，能夠使讀者付出真情，完全融入，也許就是狄更斯最成功的地方吧！

狄更斯的書不但在英國暢銷，在美國也是。只是在美國出版的書全是盜印本，從沒有一家出版社付過他一分錢。狄更斯提出嚴重抗議，但沒人理會。他一方面高興自己的書在美國受歡迎，一方面又氣憤應得的權益被剝削，決定親自去美國一探究竟，「是該去見見這些人的時候了」。於是一八四二年一月四日，狄更斯滿懷鬥志，毅然登上蒸汽輪船「大不列顛號」，面對未知的前程，勇敢的決定奮力一搏。

5.生活陰影

狄更斯決心到美國討回公道的勇氣和魄力，在汽船開往美國的途中，就遭到海上的大風暴重重打擊。剛啟航時，風和日麗，晴空萬里，正像狄更斯胸中所懷的浩蕩壯志一般。誰知到了中途，突然烏雲密布，風捲浪翻，雷雨交加。海浪猛力沖擊甲板的聲音，聽了令人喪膽。救生艇已被巨浪擊破，求生無門。船在暴風雨中飄搖顛簸，幾次差點翻覆。狄更斯嚴重暈船，頭昏目眩，吐得一塌糊塗，連意識都難以保持清楚，只渾渾噩噩的做著自己葬身大海的惡夢。

經過了十八天的航程，終於抵達美國的波士頓。一下船，狄更斯馬上受到如途中暴風雨一般熱烈的歡迎。碼頭上萬頭鑽動，全是仰慕他的書迷、作家、出版商、政要、名流。無論狄更斯走到哪裡，身旁總是書迷圍繞，有的要求簽名，有的偷偷剪下狄更斯衣服的一角作紀念，更有人出其不意的突然出手拔下狄更斯一撮頭髮，因為「想要擁有他的一部分」。書迷的瘋狂雖然使狄更斯哭笑不得，卻也明確顯示出美國讀者對他的崇拜。

A001FT

不只受讀者的歡迎，雕刻家和畫家也堅持為狄更斯做雕像、畫像。上流社會的宴會更是爭相邀請狄更斯，席上有這位貴賓，乃是主人身分地位的表徵。當然，作家文人的聚會一定要去，在那兒和美國的名作家切磋琢磨，思想交流，心靈交會，其中有幾位作家並和狄更斯成了終生的朋友。對於美國的民主政治，狄更斯也很有興趣，經常安排與立法委員和民選議員會面，甚至到白宮拜見總統。

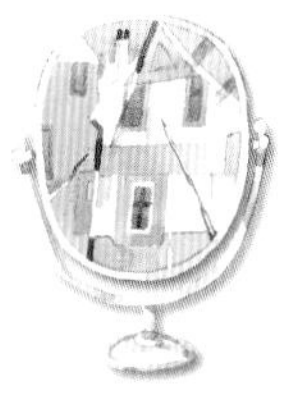

狄更斯不愧是個天生的舞臺人物，活在眾人目光的焦點中，他總是身穿時髦的紅背心、水牛皮外套，手戴金表，頸繫一

條飄逸的圍巾，和旁人侃侃而談。在美國這個舞臺上，狄更斯為自己塑造了裝束得宜、儒雅高尚的形象。而對行程緊湊的忙碌生活，狄更斯也甘之如飴。在寫給好友約翰·福斯特的信中，他說：「我不知道要怎麼讓你瞭解我在這裡所受到的款待。每一天人來人往，每個人都這麼熱烈的招待我，一個接一個永無止盡的舞會、餐宴、聚會……」

但狄更斯可沒被美國人的迷湯灌倒，他還記得來美國的主要目的。在一次演講中，他埋怨美國出版社不尊重作者，從未事先徵求同意，擅自翻印銷售他的書，不曾給過版稅或稿費。出版界和報業對狄更斯的譴責，反應非常激烈，同仇敵愾，大力反擊。狄更斯不為所動，依然固執的堅持他的意見和爭取他應得的權益。出版業反彈更大，攻擊更烈，以前把狄更斯捧上天的報紙雜誌，現在把他罵得體無完膚。

狄更斯隻身在異地，獨自對抗群雄，勢單力薄。尤其美國的出版界不但毫無愧意，反而鑼鼓喧揚，好像他們才有理。狄更斯這場仗，打得好辛苦，勝算全無。

狄更斯越來越不喜歡美國了。除了版權問題外，最令他反感的是美國人的吐煙草渣習慣，和社會上的奴隸制度。隨時隨地都可見美國人口嚼煙草後，把煙草渣往

地上吐的景象。街上、旅館裡、火車上，到處都是。甚至在白宮的接待室裡，裝束高貴、彬彬有禮的紳士也往厚實高級的地毯上吐！狄更斯覺得很不可思議又噁心之至。奴隸制度更是令狄更斯不滿。報上全是尋索逃奴的廣告，對逃奴的形容十之八九是以鏈條鎖上的、上手銬的、被廢手腳的、打成殘廢的、灼上烙印的！以民主精神立國，處處標榜平等自由的美國，怎會有這種慘無人道、漠視人權的制度存在，而且大家視為當然，不覺不妥！

美國不是想像中的夢土。停留幾個月後，狄更斯又氣又累，打道回府。一回到英國，馬上埋首寫《旅美遊記》，把美國罵個夠。這本書一出版，英國讀者和美國讀者的反應截然不同。英國人看得哈哈大笑，拍案叫好。美國人非常生氣，認為狄更斯不該如此批評招待他的地主國。

美國之行不愉快，回到家，和凱瑟琳的婚姻生活也出問題。狄更斯和凱瑟琳兩

個人一直是南轅北轍。狄更斯聰明、才華洋溢，做事井然有序，每天精神奕奕，生氣蓬勃；而凱瑟琳才智平庸，不善家事，總是邋裡邋遢，睡眼惺忪。狄更斯工作回來，往往還須出去買晚餐，整理亂糟糟的家。狄更斯常怒罵凱瑟琳做事慢條斯理、溫溫吞吞；凱瑟琳也常抱怨狄更斯對女性讀者的注意力比對她的多得多。兩人經常吵架，狄更斯向友人訴苦時說：「如果她嫁給別人，她會比較幸福，我也是。」

有一天回到家，書房照常被孩子們弄得亂七八糟。狄更斯把灑落一地的書排上

書架，書桌上的玩具移開，挪出一點空間整理文書。突然發現桌上有一封信，信封上熟悉的字跡，令狄更斯的心陡然的怦怦跳起來。是瑪麗亞・畢尼爾！是她！狄更斯快快拆開信封，屏息讀完全信。瑪麗亞說她讀了狄更斯所有的書，非常欣賞他的文筆和才氣。她並在信中約定某日某時，希望能與狄更斯見一面。

看完信後，狄更斯幾乎喜極而泣。瑪麗亞終於回來找他了。這不正是他多年來的心願嗎？狄更斯的心靈頓時脫離厭煩不耐的現實生活，墜入綺麗甜蜜的回憶：瑪麗亞美麗的容顏、優雅的氣質、溫柔的聲音、慧黠的心思，兩人一起看戲的時光，燈下寫詩的夜晚，窗下獨盼的心傷。所有的回憶，一下子全湧上心頭。活在對過去的懷想和對未來的幻想中，狄更斯每天期待著相約日的到來。

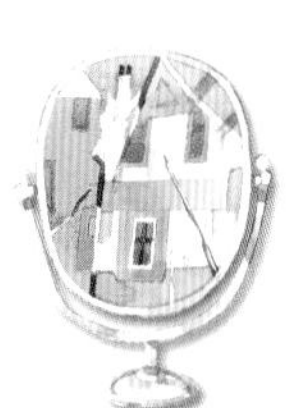

6.美夢成眞

盼著盼著，終於到了和瑪麗亞約定見面的日子。狄更斯一早起來便坐立難安，什麼事也不能做，只一直神經質的撫整已經很平順的頭髮和鬍鬚。

時間終於到了，門鈴一響，狄更斯馬上火速的衝到門邊。一開門，平日能言善道的狄更斯，此刻卻一句話也說不出來。並不是太激動，而是著著實實被嚇了一大跳。眼前是一位肥胖臃腫的中年婦人，不是普通的胖，是非常非常的胖，好像要把前門塞滿了。狄更斯呆呆的站著，兩眼直直看著眼前的這位女士，試圖從她臉上的贅肉找出昔日秀麗的痕跡。瑪麗亞就大方多了，馬上很熱絡的和狄更斯打招

呼，講話時孩子氣的咯咯笑，手不停的撥弄她捲曲的頭髮。最令狄更斯頭昏眼花的是，她的眼睫毛一直快速上下掀動，兩眼從扇子後面深情款款的看著他。狄更斯心裡明白，一切真的是過去了。

只是瑪麗亞這一頭才正開始呢！以前是狄更斯捨不得分手，現在是瑪麗亞不放他走。瑪麗亞不停的寫信，從不放棄的邀他一同出遊，對狄更斯猛獻殷勤，肉麻兮兮的撒嬌，賴著狄更斯索求愛寵，要求禮物。狄更斯再也吃不消了，只好使出最後一招，假裝不在家。只要瑪麗亞上門，狄更斯就叫家人去應付，說他出城了，要好長一段時間才會回來。書信不回覆，禮物也拒收，總之務求能從此完全自瑪麗亞的生命裡消失。

狄更斯一直保持著散步的習慣。小時候和爸爸一起散步，街上的景物常會觸發爸爸講故事的靈感。所以現在每次寫稿累了時，狄更斯就出外走走，尋求靈感。和朋友散步也是生活一大樂趣。兩三人一邊走一邊聊，不急不趕，氣氛閒適隨意。

一次忽然心血來潮，和朋友相約去小時候住過的雀森鎮散步。走在似曾相識的街道上，狄更斯不禁感懷萬千。當年與同學道別，相約他日再見，至今倏忽竟已數十年。人生真是短暫啊！

走著走著，走到蓋茲山莊前，狄更斯不禁停下腳步。這麼多年過去了，巨宅依然宏偉美麗，沒有刻上歲月的痕跡。狄更斯和友人分享小時候的夢想，回憶爸爸說的話：只要他肯努力，有一天出人頭地，就可以擁有這棟房子。友人暗暗把狄更斯的這些話記在心上，之後回頭去打聽這棟房子，居然發現蓋茲山莊的主人正想把房子賣掉，趕忙通知狄更斯。狄更斯喜出望外，二話不說，馬上買下。

狄更斯的一生一直在搬家。小時候，因家境每下愈況，房子越換越小越破。長大成為作家後，每出一本書，就帶給他更多的財富，房子也就越換越大越豪華。但從沒有一間房子帶給他這麼大的喜悅和滿足。蓋茲山莊並不只是座美麗的大房子，它代表了能力的肯定、夢想的實現、童年的重溫，和有志者事竟成的印證。狄更斯從此再也沒有換過房子。

一搬進蓋茲山莊，狄更斯馬

上忙著整修內部。油漆、貼壁紙、架高屋頂、在中庭挖了個新井、增建閣樓房間、買了好多新家具。買家具時，為了可以得到比較便宜的價錢，狄更斯自己先看好貨色，再叫僕人假裝是僕人自己要買的，如此才好殺價。狄更斯笑著跟朋友說：「要是你在街上看到一輛破驢車上，載著一張名貴的桃花心木餐桌，你大概可以猜到那是我的。」

最重要的是書房。書房位於一樓，面向庭院。狄更斯把書桌放在大窗前，光線充足，又可以欣賞窗外景色。他並將書房的四壁都做上書櫃，連門都做成書櫃的樣子，只是門的這一櫃，上面放的是假書。這些假書都有燙金的書皮，看起來和真書沒兩樣。狄更斯為假書想了一些好玩的書名，如《挪亞的圓舟》，九冊一套的《貓的生命》等。

只要一關起門，狄更斯就像被關在書堆中。在書的環視下，狄更斯的思維超越密閉的空間，

遊走外面廣闊遙遠的世界。這就是書的神奇魔力。無論空間多麼狹窄，布置多麼單調，只要一書在手，人就可以跟著書中的情景，上高山觀日出，下大海尋寶藏。走入時光隧道，與十八世紀的英國貴族喝下午茶，到外太空時代與外星人打仗。隨心所欲，自由自在，不想玩了，隨時都可結束旅程，走出想像，回到現在。

寫作是一門孤獨的行業。狄更斯熱愛

寫作，但又個性外向，難耐寂寞。他喜愛把自己關在書房裡專心讀書寫作，但絕不孤僻閉塞，離群索居。他把寫作以外的生活，安排得熱鬧繽紛。寫作之餘，狄更斯最愛做的事就是聚集朋友在家開宴會。大家吃飽喝足後，狄更斯這位餐宴主人接著當起餘興節目的主持人，帶著大家唱歌、跳舞、猜謎、抽獎、接唱滑稽歌、鼓勵賓客表演樂器，最後並自己上場變魔術。狄

更斯可以把一盒米糠變成一隻天竺鼠，也會把一個空盤子放進一頂帽子內，在帽頂點火，再拿出盤子時，盤子已盛滿布丁！博得大家的喝采叫好，賓主盡歡。如果說狄更斯有寫作的天分，無疑的，他也有娛樂的細胞，而且後者絲毫不遜前者。

熱中社交生活的狄更斯最喜歡聖誕節了，因為聖誕節是一年當中最熱鬧、最歡樂、最溫馨的節日。一八四三年的秋天，狄更斯突然靈機一動，既然喜歡聖誕節，何不為聖誕節寫個故事呢？想到就做，狄更斯馬上構思下筆，別出心裁以鬼魂來帶領故事發展。史谷克是個冷酷無情的人，因為貪愛金錢，盡喪人性。聖誕節前夕，他死去的生意合夥人造訪，帶他走他人生全程，讓他親自看看自己從前如何殘酷、現在如何無情，以及將來如何悲慘。史谷克親眼看到自己的過去、現在、未來，並目睹自己不得好死的慘狀，嚇得一身冷汗醒來。此時正是聖誕節早晨。抱著悔過的心，史谷克去探望被他虧待的員工鮑伯，並送他一隻火雞慶祝聖誕節。這良善的舉動竟給史谷克一種前所未有的美好感受，他才深深體會到聖誕節真正的精神 —— 和平、良善、喜樂。從這天起，史谷克改過自新，脫胎換骨，

成了一個新的人。

狄更斯以最純淨誠摯的心寫這本《聖誕頌歌》，其間一再重寫，寫時「哭了又笑，笑了又哭」。書出來後，讀者的反應也和狄更斯一樣。一直到今天，這本小書都是西方人過聖誕節的一部分，也是狄更斯最有名、最受人喜愛的作品。

你還記得狄更斯童年另一個夢想：成為舞臺劇演員嗎？狄更斯一直沒有忘記。作家夢實現了，狄更斯開始和兒女一起加入劇團，到處巡迴演出。大家都想看狄更斯這位大作家演戲，只要有他演出的劇，

門票必定銷售一空。狄更斯因此常隨著劇團全國旅行。若是有人為了慈善目的而邀他演出，他更是樂於襄助，來者不拒。在狄更斯生命的最後十五年，他不但是成功的作家，也是知名的演員。

狄更斯偶然發現一個結合讀書和戲劇的好方法——說書。在一次朋友家的宴會上，新書《鐘聲》還未出版，狄更斯先唸片段給朋友分享。他模仿書中人物的聲音口氣，以講故事的方式將新書「演」給朋友們聽。大家的反應非常熱烈，紛紛告訴狄更斯他們擁有一個很難忘的夜晚。這次的說書經驗，給了狄更斯一個靈感：何不由他自己來說自己寫的書，讓讀者以不同

的方式體驗他書中的情境呢？於是狄更斯便以說書的方式，向讀者介紹他的新書。

很快的，狄更斯說書的才華便傳遍了全英國，希望狄更斯公開說書的邀約越來越多。不只說新書，連以前寫的，大家早已耳熟能詳的作品，都希望透過狄更斯的說書技巧，重新欣賞。讀者的支持，說書時大家的全神貫注，室內凝聚的氣氛，讀者的情緒跟著狄更斯的聲音走，或哀愁、或歡笑、或驚呼、或輕嘆，在在吸引狄更斯繼續說下去。不只是讀者的反應使狄更斯樂在其中，他自己也覺得說書是另一種創作。書中的人物，藉著他的聲音，在眾人面前活出自己的生命，常給他「一股震慄的力量」。

一八九七年，狄更斯被《倫敦時報》選為英國最知名人士，與英國維多莉亞女王同時列名。狄更斯這一生真的是了無遺憾了。童年時，因為家境清寒而輟學；少年時，為了幫助家計，在工廠身心俱疲的長時間做工；青年時，因著不光榮的家世而遭心上人拒絕。這一切的挫折失意，並沒有使狄更斯自暴自棄，妄自菲薄。相反的，他懷抱夢想，努力追求。現在他的夢想一一實現：知名的作家，成功的舞臺劇演員，快樂的講故事者，又住在自己的夢屋中，人生夫復何求呢？

7.永遠活著

不管家人和醫生的勸阻，已有中風紀錄的狄更斯在距第一次訪美後二十五年，決定再度訪美。他振振有詞的說他有三個正當理由再去美國一次。第一，他現在年紀大了，世面見多了，不會像上次那樣氣得半死。第二，當時年輕氣盛，說不定有些地方是自己錯怪了美國。第三，現在美國也有很大的改變，人民生活層次提昇不少，不會再有人往地上吐煙草渣了吧？

美國的確變了。奴隸制度不再存在，社會也比以前開化進步許多。不變的是，對狄更斯的熱烈歡迎依舊。讀者依然崇慕狄更斯的文采，名流依然渴望狄更斯的青睞，沒完沒了的餐宴聚會依然等待狄更斯的出席。最讓狄更斯感動的是，人們在下大雪的寒夜中，大排長龍買隔日說書的門票。因為美國聽眾的這份熱情，狄更斯再累也不肯取消一次說書節目。

CHARLES DICKENS
READING
TICKETS

狄更斯為此付出了代價，他病倒了。在離開美國前的餞別晚餐上，狄更斯甚至要別人攙扶才能站著。離美那天，狄更斯在輪船上，靠著船纜，向岸上手持鮮花大聲歡呼的群眾們噙淚揮別，口裡不住的喊著：「上帝祝福你們！」

回到英國後，只稍作休息，狄更斯就又投入原定的一百場說書活動當中。他因此又再次累倒，這次的中風更加嚴重。狄更斯知道，已經不能不停了。在第七十五場說書結束之前，狄更斯淚流滿面，哽咽的向觀眾道別：「我將自這燦爛的光輝中，永遠消失，謹在此真誠的感謝你們，珍重再見。」

狄更斯並沒有永遠消失。相反的，他永遠活著，永遠活在讀者的心中、英國的歷史裡、世界的文壇上。

從沒有一位作家像狄更斯這般，能以作品影響社會風氣和改變國家法律。狄更斯描繪在倫敦晦暗溼冷的街道上，在罪惡陰影籠罩下的貧民區裡，兒童又饑又寒又遭虐待，不是終日在不見天日的煙囪裡掃煙灰，就是在沒有暖氣設備的工廠裡長時間工作。有的被帶到街上訓練成小偷，有的最後死在街上。他寫這些故事，並不止於描述窮苦人家的悽慘生活，更是藉著這些故事，表達英國工業革命後，人民所承受的痛苦，和當時的社會問題。

工業革命之後，大批的人民被迫離開農村，為了生存投入工廠和礦場。甚至連五歲小孩都得為了有一口飯吃而長時間做著危險單調的工作。如此辛勞，還不一定能吃飽。許多人餓死；許多人死於工作意外；許多人為了裹腹，偷麵包吃被抓到，受絞刑而死。工業革命雖使國家進步，卻也使人民的生命尊嚴盡失。

狄更斯的作品像是明鏡，照出社會百態，使人先是震驚，繼而感動，最後引發省思。因為狄更斯在《賊史》和《塊肉餘生記》中強而有力的控訴，使議會制定新法律，保護濟助社會上的窮人；因為《廢

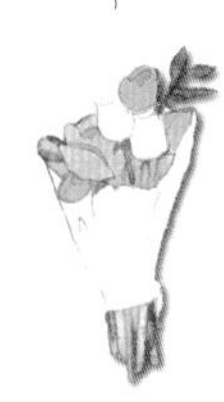

屋》和《小道瑞特》對腐敗官廳的痛斥，國家開始實施緩刑法；《滑稽外史》指陳私立寄宿學校的教育弊端，使政府大規模開辦兒童學校；在《小道瑞特》中揭露負債人監獄的黑暗面，使司法界對於負債法起了激烈的爭議；而在《苦難的時代》中描寫兒童在工廠做工的悲慘生活，也使議會通過了保護童工的法律。

無論狄更斯是如何成功發財、飛黃騰達，他從來沒有忘記自己曾是個窮小孩。他曾經痛苦、曾經受傷，但並不因此自憐自哀。他把不幸的遭遇化為一股堅定的力量，推翻不人道、不公義的制度，為窮苦的人謀福利，為黑暗中的人帶來希望。

因為這顆無私的心、這份悲憫的情，狄更斯的作品不但影響了當時的社會，也緊緊抓住了後代讀者的心。只要你願意，狄更斯總會帶領著你，在淚眼中看著奧立佛‧忒斯特和大衛‧卡佩菲爾在困境中掙扎，不被命運搏倒，對未來心懷夢想。讀狄更斯的書，你一次又一次的被感動，一次又一次的觸到他高貴的靈魂。

狄更斯並沒有永遠消失。他，永遠活著。

狄更斯

Charles Dickens

Charles Dickens

狄更斯 小檔案

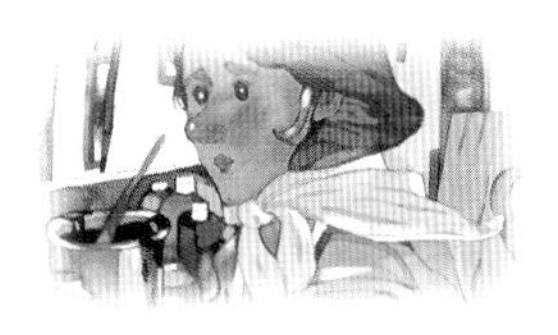

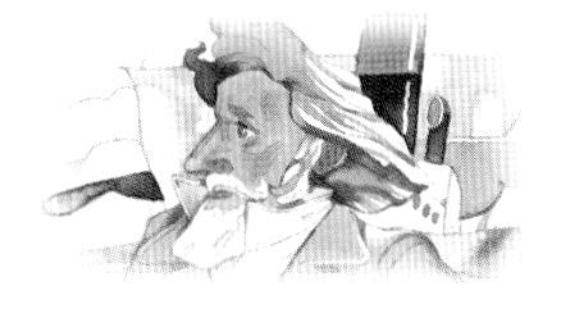

1812年　２月７日，出生於英國。
1821年　開始上學。
1824年　父親因無力償還債務而坐牢。全家跟著住進監獄，狄更斯則到鞋油工廠做工。
1827年　到律師事務所當職員。
1830年　與瑪麗亞‧畢尼爾相遇，墜入情網。
1831年　成為法院記者。
1833年　遭瑪麗亞拋棄。第一篇文章〈帕伯樂街的晚餐〉被採用，筆名鮑茲。
1834年　成為《記事晨報》撰稿人。
1836年　《鮑茲短篇故事集》出版。與凱瑟琳‧霍嘉司結婚。
1837年　《匹克威故事》出版。開始在雜誌上登載《賊史》。
1838年　開始連載《滑稽外史》。
1840年　創辦《韓福利先生的老鐘週刊》。
1842年　和妻子至美國旅行六個月，回來後出版《旅美遊記》。
1843年　出版《聖誕頌歌》。
1853年　第一次公開說書。
1856年　購買蓋茲山莊。
1865年　因中風而癱瘓。
1867年　至美國說書。健康再度受損。
1868年　自美國返回，繼續說書。
1870年　６月９日去世，葬於西敏寺。

寫書的人

王明心

靜宜文理學院外文系英國文學組畢業，美國俄亥俄州立大學幼兒教育碩士。曾任美國公立小學及州立大學兒童發展中心教師、北卡書友會會長。譯有《怎麼聽？如何說？》，被選為全國十大好書之一，獲阿勃勒獎。

喜歡和孩子一起看書，左擁右抱，覺得世界盡在懷裡；喜歡和孩子一起唱歌，咸認浴室是最好的舞臺；喜歡和孩子一起爬山，在山徑中奔跑，覺得日子真是美好；喜歡和孩子一起過每一天，覺得又重回快樂童年。

畫畫的人

江健文

具有多年兒童繪本創作經歷的江健文，擅長使用鉛筆、色鉛筆和水彩等多種混合材料作畫。在他的作品裡，可以感受到他對畫面構圖經營布局的講究，充滿著新奇的架構和強烈的視覺擴張力。他喜歡以渲染的手法表現故事的情節，設色對比強烈，筆觸精細，並注重細節與色調的營造。

江健文的作品曾多次入選國家級美術展覽，並曾獲第七屆全國美術展覽銀獎。

文學家系列

每一個文學家的一生，都充滿了傳奇……

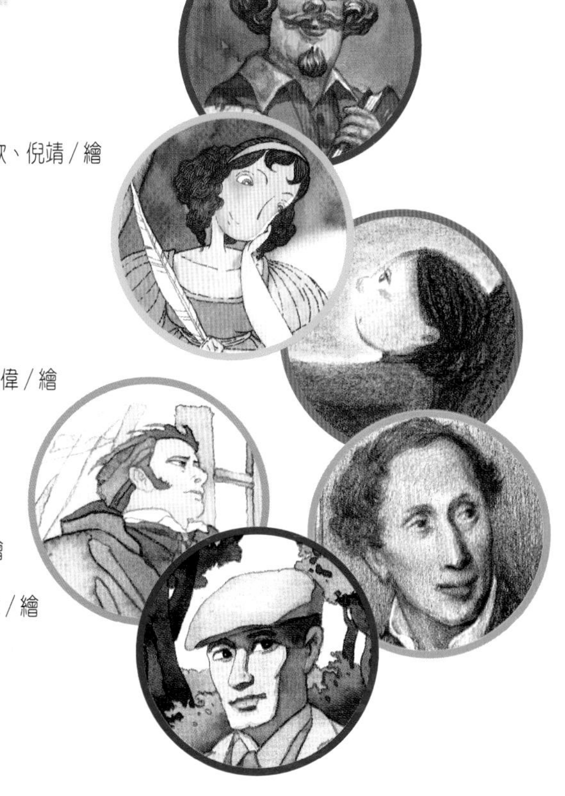

震撼舞臺的人——戲說**莎士比亞** 姚嘉為／著 周靖龍／繪

愛跳舞的女文豪——**珍・奧斯汀**的魅力 石麗東、王明心／著 郜欣、倪靖／繪

醜小鴨變天鵝——童話大師**安徒生** 簡 宛／著 翱 子／繪

怪異酷天才——神祕小說之父**愛倫坡** 吳玲瑤／著 郜欣、倪靖／繪

尋夢的苦兒——**狄更斯**的黑暗與光明 王明心／著 江健文／繪

俄羅斯的大橡樹——小說天才**屠格涅夫** 韓 秀／著 鄭凱軍、錢繼偉／繪

小小知更鳥——**艾爾寇特**與小婦人 王明心／著 倪 靖／繪

哈雷彗星來了——**馬克・吐溫**傳奇 王明心／著 于紹文／繪

解剖大偵探——**柯南・道爾**vs.福爾摩斯 李民安／著 郜欣、倪靖／繪

軟心腸的狼——命運坎坷的**傑克・倫敦** 喻麗清／著 鄭凱軍、錢繼偉／繪

震撼舞臺的人——戲說莎士比亞

你看過電影《王子復仇記》嗎？憂鬱的哈姆雷特王子穿著黑色的衣服，拿著寶劍，假裝瘋癲，天天想著要為父王報仇？或許你聽過羅密歐與茱麗葉的殉情故事？一對少年男女一見鍾情，卻因為家族的敵對與命運的捉弄，陰錯陽差地死去？你說不定知道羅馬的安東尼將軍與埃及豔后的愛情悲劇？

這些故事都來自一個天才——莎士比亞，他不但是一個偉大的劇作家，更是一位傑出的演員，你想聽聽他的故事嗎？

小普羅藝術叢書

當一個天才小畫家
發揮想像力
讓色彩和線條在紙上跳起舞來！！

譯自西班牙著名藝術叢書，針對各年齡層的小朋友設計，讓小朋友不僅學會感受色彩、運用各種畫具及基本畫圖原理，更能發揮想像力，成為一個天才小畫家！

Part1

・我喜歡系列・

愛畫畫的小孩不會變壞喲！
適合4~7歲的小朋友閱讀
M. Ángels Comella著

我喜歡紅色
我喜歡棕色
我喜歡黃色
我喜歡綠色
我喜歡藍色
我喜歡白色和黑色

Part2

・創意小畫家系列・

塗塗抹抹畫畫樂～
適合7~10歲的小朋友閱讀
M. Ángels Comella著

蠟　筆
水　彩
色鉛筆
粉彩筆
彩色筆
廣告顏料

Part3

・小畫家的天空系列・

動動手，動動腦，圓一個小畫家的夢想！
適合10歲以上的小朋友閱讀
Montserrat Llongueras
Cristina Picazo
Anna Sadurní著

動物畫　風景畫　靜物畫